mes petits moments

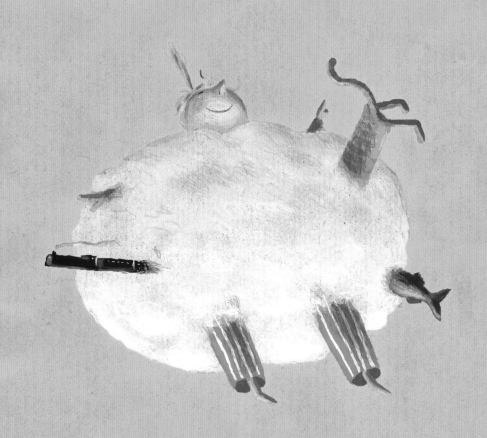

# mes petits moments

## 15 comptines à chanter du matin au soir

Chansons
d'Alain Schneider

Illustrations
de Christian Guibbaud

**MILAN**
jeunesse

# Sommaire *pour chanter du matin au soir*

# Le réveil

Ho hisse,
Il faut se lever
Ho hisse,
La lune est couchée

Ho hisse,
Il faut se lever
Ho hisse,
La lune est couchée

Le soleil caresse ma joue
Comme du miel
Il coule partout

Ho hisse,
Il faut se lever
Ho hisse,
La lune est couchée

Je m'étire comme un chat
Les deux jambes
Et puis les bras

Ho hisse, ho hisse,
Ho hisse, ho hisse,

Ho hisse,
Il faut se lever
Ho hisse,
La lune est couchée

Sans tambour,
Ni trompette
Je me glisse
Hors de ma couette.

# La toilette

J'ai vu un **anaconda**
*Qui se lavait le minois*
*Je le fais comme ça !*

J'ai vu une **pipistrelle**
*Qui se frottait les aisselles*
*Je fais tout comme elle !*

J'ai vu un **ptéranodon**
*Qui se frottait le bidon*
*Je le fais à fond !*

J'ai vu une **petite fourmi**
*Qui se lavait le zizi*
*Je le fais aussi !*

J'ai vu un **cacatoès**
*Qui se frottait bien les fesses*
*Je le fais sans cesse !*

J'ai vu un **vieux pince-oreille**
*Qui se frottait les orteils*
*Moi je fais pareil !*

J'ai même vu un **gros requin**
*Qui se savonnait les mains*

J'ai vu un **orang-outan**
*Qui se brossait bien les dents*

*Je le fais tout l'temps !*
*Je le fais tout l'temps !*
*Je le fais tout l'temps !*

# Les câlins

câlin du **bonjour**
*Joue contre joue tour à tour*

câlin du **bonsoir**
*On se serre fort dans le noir*

câlin d'**enchanteur**
*Je te chatouille dans le cœur*

câlin de **vampire**
*Un bisou baveux m'aspire*

câlin de **sorcière**
*Une p'tite claque sur ton derrière !*

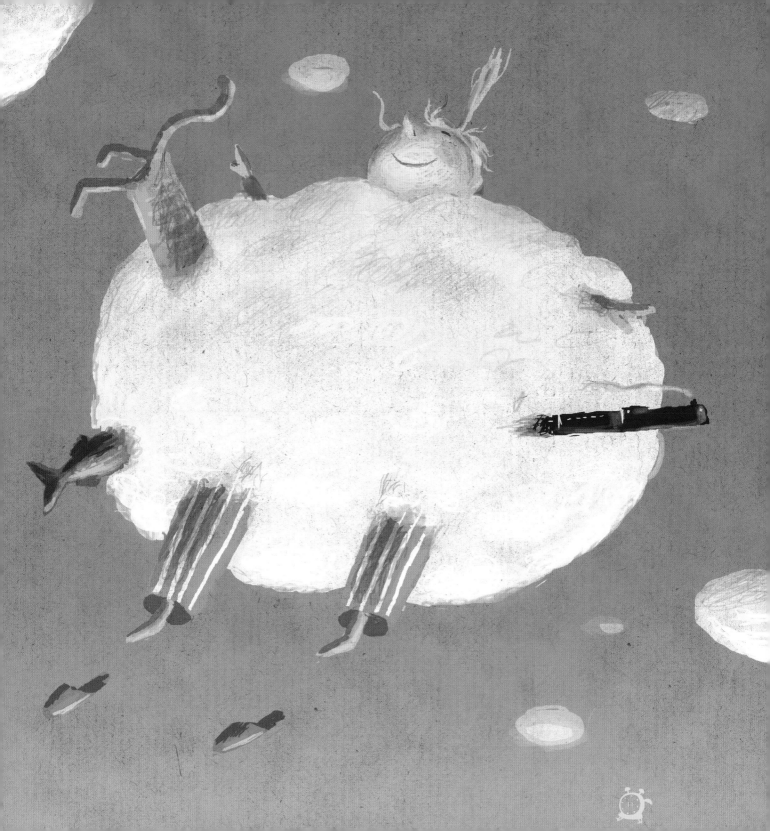

# Le jus de pomme

Le jus d'une **orange**
*C'est une orangeade*

Le jus d'un **citron**
*C'est une citronnade*

Et le jus d'une **pomme**,
*Est-ce de la pommade ?*

Non, mon **p'tit bonhomme**
*C'est juste une galéjade !*

Je sais m'habiller

Sans MAMAN
J'ai boutonné mon caban

Sans PAPA
J'ai mis mon slip à l'endroit

Une boucle à mes lacets blancs
Mis tous mes doigts dans mes gants

Et voilà, en un clin d'œil
Je sais m'habiller tout seul !

# Le hoquet

Zut, j'ai, hic, le hoquet
Ça me coupe le sifflet

C'est pas, hic, très coquet
C'est surtout pas prat...hic
Pour faire de la mus...hic !

Zut, j'ai, hic, le hoquet
Ça me coupe le sifflet

C'est pas, hic, très coquet
C'est encore moins prat...hic

Pour faire du bilboquet !

# Copain d'école

Je m'suis fait un copain
À l'école, ce matin
Un drôle de p'tit malin
Bien plus petit qu'un nain

Monsieur a toujours faim
Il adore mes cheveux
Me suit mieux que mon chien
Et ça me rend furieux !

Va-t'en pou, méchant pou
Ne me pousse pas à bout
N'as-tu pas une épouse
À papouiller partout ?!
Arrache-toi, méchant pou !

Ce petit pensionnaire
*Qui me court sur la tête*
Ce squatter, ce gangster
*Me dévore et me tète !*

Va-t'en pou, méchant pou
*Ne me pousse pas à bout*
N'as-tu pas une épouse
*À papouiller partout ?!*
Arrache-toi, méchant pou !

# Le repas

Je suis une **souris**

*Je grignote mes radis*

Je suis une **tortue**

*Je mâchouille ma laitue*

Je suis un **pic-vert**

*Je claque du bec dans mon verre*

Je suis un **mammouth**
*J'écrabouille et casse la croûte*

Je suis un **cochon**
*J'ai sali toute la maison !*

21

# Scotché devant la télé

Scotché devant la **télé**
La bouche en cul d'poule
**Les yeux tout rouges et carrés**
Et la cervelle qui coule

J'ai oublié de m'habiller
J'ai oublié de me **laver**
J'ai même oublié de **manger** !

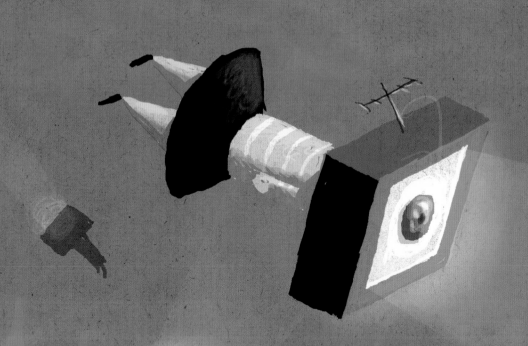

Scotché devant la télé
La bouche en cul d'poule
Les yeux tout rouges et carrés
Et la cervelle qui coule

J'ai oublié de m'amuser
J'ai oublié toutes mes idées
J'ai même oublié de rêver !

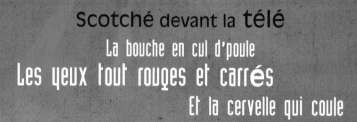

Scotché devant la télé
La bouche en cul d'poule
Les yeux tout rouges et carrés
Et la cervelle qui coule.

# Les devoirs

La maîtresse a demandé
De retrouver **Ornicar**
L'ornithorynque égaré
S'est bien caché quelque part !

Mais où est donc **Ornicar** ?
Mais où et donc Or ni car

J'ai cherché sous l'escalier
Vidé l'eau de la baignoire
Pas de poils dans mes cahiers
Pas de crottes dans le placard

Mais où est donc Ornicar ?
Mais où et donc Or ni car

Montre-toi, petit farceur
*Avant huit heures, fais-toi voir*
*Car j'aurai, j'en ai bien peur*
*Un zéro à mon devoir !*

Mais où est donc Ornicar ?
Mais où et donc Or ni car

Mais où est donc Ornicar ?
Mais où et donc Or ni car

# Les bonbons

J'irais jusqu'au Gabon,
*Boulotter des bonbons*

Et même jusqu'à Moscou,
*Laper des roudoudous*

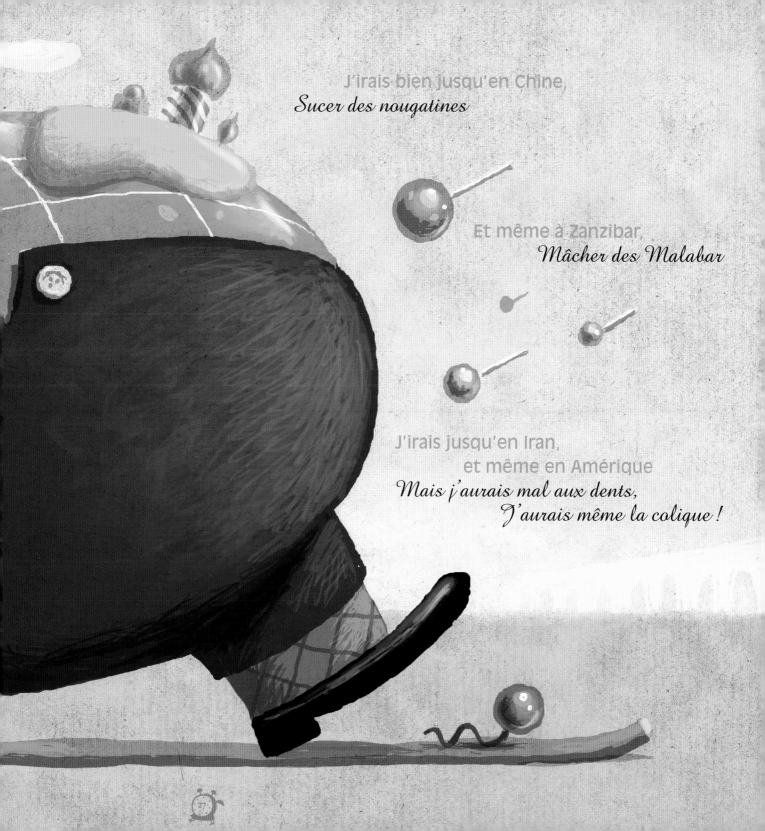

J'irais bien jusqu'en Chine,
Sucer des nougatines

Et même à Zanzibar,
Mâcher des Malabar

J'irais jusqu'en Iran,
et même en Amérique
Mais j'aurais mal aux dents,
J'aurais même la colique !

# Mamie Charlotte

Mamie Charlotte tricote
Tricote en chantonnant

Puis elle trempe une biscotte
Dans son thé tout brûlant

Parce qu'elle a la tremblote
Elle se penche en avant

Et de ses deux quenottes
La croque en souriant

Lentement, lentement
Repose sa biscotte

Toussote en ronchonnant
Et reprend sa pelote

Mamie Charlotte tricote
Tricote en chantonnant

Dévide sa pelote
En oubliant le temps

Mamie Charlotte tricote
Mamie Charlotte tricote...

# Je range ma chambre

De large en long
De bas en haut
J'ai rangé ma chambre comme il faut

La corbeille au fond d'mon lit

Mon oreiller dans l'tiroir

Mes chaussures sous le tapis

Et mon hamster dans l'armoire

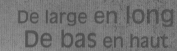

De large en long
De bas en haut
J'ai rangé ma chambre comme il faut

J'ai lancé des confettis

Pendu mes p'luches au plafond

Mis en tas tous mes habits

Et ma grand-mère sous l'édredon !

# Les quenottes

Brosse, brosse, brosse ma petite brosse
*Mes dents de devant*
Frotte, frotte, frotte toutes mes quenottes
*Du rose vers le blanc*

Brosse, brosse, brosse ma petite brosse
*Mes dents tout au fond*
Frotte, frotte, frotte toutes mes quenottes
*De large et en long*

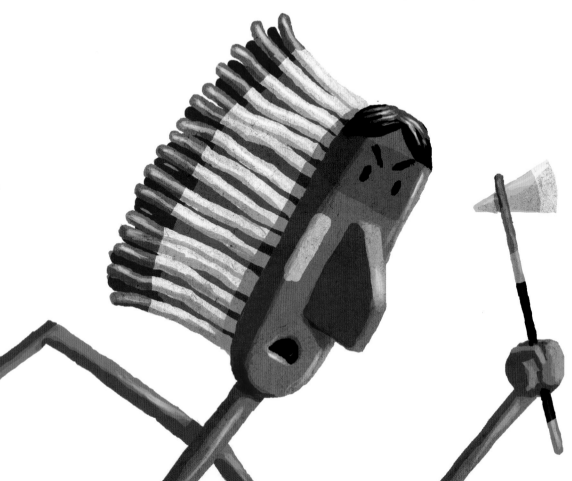

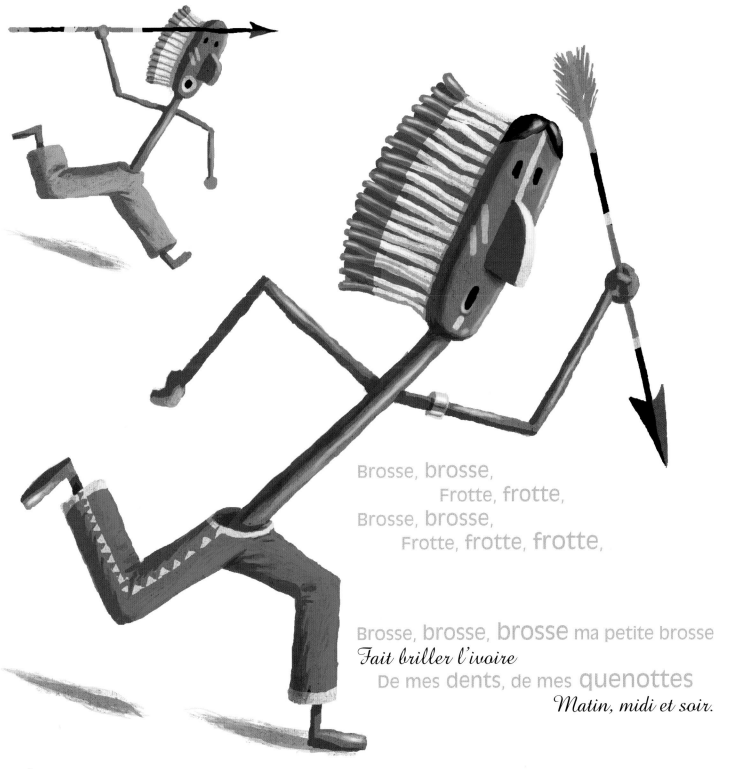

Brosse, brosse,
   Frotte, frotte,
Brosse, brosse,
   Frotte, frotte, frotte,

Brosse, brosse, brosse ma petite brosse
*Fait briller l'ivoire*
De mes dents, de mes quenottes
   *Matin, midi et soir.*

# La nuit me sourit

Quand le jour s'enfuit
Petit à petit
Enfoui dans mon lit
Je suis à l'abri

Comme un fruit confit
Blotti tout blotti
La nuit me sourit
Je suis endormi.

Chansons écrites, composées et interprétées par :

Alain Schneider

Réalisation et arrangements :

Lauri Prado

Enregistrement et mixage :

Studio Interface, Paris

Illustrations :

Christian Guibbaud

Conception graphique :

Sandrine Pageot

Alain Schneider interprète ces comptines avec l'aimable autorisation d'Universal Licensing Music,
une division d'Universal Music France.

Pour les enfants de 4 à 9 ans,
retrouvez les albums d'Alain Schneider chez ULM :